우리 만나서 커피 한잔 합시다

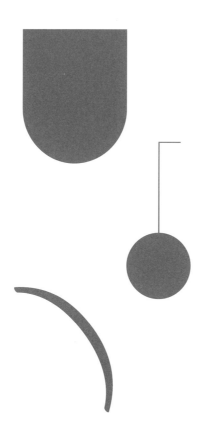

우리 만나서 커피 한 잔 합시다

용혜원 시

용혜원 제85시집

🌱 나무생각

커피처럼 어느 때는 쓰디쓰고,
어느 때는 달큰하고 풍미가 가득한,
인생이라는 단 한 권의 책에
시 한 편을 남길 수 있다는 것은
시인이 누리는 행운이며 축복입니다.

차례

◆

당신의 시간들이

한 잔의_____ 커피

삼청동 거리를 걷다가
발길을 멈추고
한 잔의 커피를 마신다

시간을 마신다
고독을 마신다
삶을 마신다

결국 한 잔의 커피에
나를 담아 마시고
훌훌 떠난다

거리를 걷다가 마음이 울적해지면
우리 만나서 커피 한잔 합시다

혼자 왠지 쓸쓸해서
마음속 고독이 세상 밖으로 터져 나오면
우리 만나서 커피 한잔 합시다

한 잔의 커피에
음악과 낭만과 사랑이 흐르고
우리들의 삶이 흘러갑니다

언제든 어느 때나 원한다면
당신과의 만남을 위하여
시간을 비워놓고 기다리겠습니다
우리 만나서 커피 한잔 합시다

산다는 게 다 그렇지만
허망함에 속이 타 견딜 수 없고
외로움이 숨통을 조이면 만나야 합니다

산다는 게 다 그렇지만
엇갈림이 있으면 이어지는 것도 있습니다

목마르고 늘 칼칼한 세상
오랜만에 커피 한잔 나누며
그동안 다하지 못한 우리 이야기를 나눕시다
우리 만나서 커피 한잔 합시다

뻔한 세상 뻔하게 사는 게 삶이라 하지만
낭만과 여유도 있어야 살맛이 나지 않습니까
바쁘다 정신없다 혼자 갈팡질팡하지 말고
비웃음으로 회피하며 힘들다 말하지 말고
우리 만나서 커피 한잔 합시다

이 넓은 지구상에서 얼굴 마주하고
정감 있는 대화를 나눌 사람,
허물없이 여유롭게 웃어줄 사람
몇 명이나 됩니까
우리 만나서 커피 한잔 합시다

만나고 헤어지며 사는 세상
옷깃만 스쳐도 인연이라 하는데
그리 가까운 사람도 사실 많지가 않습니다

'언제 한번 만나자'라는 말만큼
허망한 말이 또 있겠습니까
인사말처럼 스쳐가지 말고
진짜 만나고 싶으면
오늘 지금 당장 만나야 합니다
우리 만나서 커피 한잔 합시다

눈물로 얼룩진 세월
웃음으로 떠나간 세월
모두가 살아온 날들
속 깊은 정 털어놓을 사람이 있다는 것은
정말 살맛 나는 일이 아닙니까

아무 쓸데없는 헛된 것에 붙잡혀
걱정하거나 목숨 걸지 맙시다

못 견딜 만큼 힘들 때
마음이 구멍 난 벌집 같을 때
이유를 묻지 말고 핑계 대지 말고
우리 만나서 커피 한잔 합시다

곡절 많고 한 많은 세상 살다 보면
뼛속까지 외로운 바람이 세차게 불어오는데
혼자 고독한 척하지 말고
우리 만나서 커피 한잔 합시다

속절없이 지나가는 허망한 세월
속이 바짝 마르고 몸짓조차 쓸쓸한 날에
우리 커피 한잔 하며
허망한 시간을 잠깐이라도 붙잡아봅시다

삶이 신통치 않고
짜증 나고 속 터지고 골치가 아프면
잠시 시간을 멈추고
우리 만나서 커피 한잔 합시다

가슴 골짝에 쌓이는 근심이
여린 마음을 자꾸만 헐어내고
못 견디게 그리움이 몰려오면
우리 만나서 커피 한잔 합시다

쓸쓸할 때, 고독할 때, 허무할 때
음악을 들으며 신세 한탄도 하고
너스레도 떨고 불평도 늘어놓다 보면
다시 삶을 살아가는 재미도 생기겠지요

커피에 대한____ 소회 1

삶의 고삐가 허술해서
자꾸만 무너지고 고달픈 삶
가슴팍에서 화가 나고
되는 일이 없어 짜증이 몰려올 때면
커피 한 잔의 위로가 큽니다

잔인한 세월도 흘러가고
고독도 낡아질 대로 낡아질 때
울타리를 나와 마음도 좀 식히고
다독거려주는 시간이 필요합니다

힘들 때는 우리 만나서
한 잔의 커피를 나누며
힘과 용기를 냅시다

커피에 대한____ 소회 2

무료하고 또 무료한 날
만나서 커피 한잔 합시다
신나는 일, 재미있는 일,
기대가 되살아날 터이니
만나서 커피 한잔 합시다

기왕이면 분위가 좋고
커피 맛이 좋은 카페에서 만납시다
좀 오랫동안 있어도 좋고
음악이 잔잔히 흐르는 카페에서 만납시다
마음의 빈 골목 어딘가에 놓인
정다운 카페면 더 좋겠습니다

이 삭막한 세상에서 정을 나누고
만날 사람이 있다는 것은
참 좋고 행복한 일입니다

커피에 대한____ 소회 3

세월이 안겨주는 시련에
창백하게 야위고 가슴 생채기마다
붉은 피가 흐를 때

아프다 말하고 싶어도
만날 사람이 없는 허전한 날
당신이 있어 다행입니다

커피 한 잔에 허망함도 외로움도
같이 타서 마시고 훌훌 털다 보면
어느새 다시 피가 돌고
가슴의 생채기도 아물 것입니다

고독을 말리고 싶으면
외로움을 달래고 싶으면
우리 만나서 커피 한잔 합시다

오래된____ 우리 사이

기분이 아주 좋다고
원하던 일이 이루어졌다고
날아갈 듯 좋아서
누군가에게 말하고 싶다면
오래된 우리끼리 만나서
커피 한잔 합시다
오늘은 기왕이면 더 맛있는 커피로

흘러간 세월만큼 오래된 우리 사이,
팍팍하게만 살면 뭐가 좋겠습니까
흘러가는 세월이 아쉽거든
만나서 달큰한 커피 한잔 합시다

누가 먼저랄 것 없이 연락하고 만난 우리
때때로 섭섭한 일, 서운한 일 있어도
코끝이 시큰하도록 서로 위로하며
더 정답게 만나며 삽시다

문득____ 생각이 나서

삶을 간신히 버티며 살다
막다른 골목에서 왠지 서러워
문득 생각이 났습니다

갑자기 마음이 울컥해지면서
보고 싶어졌습니다
우리 만나서 커피 한잔 합시다

아무 일도 없었다는 듯이
잊혀진 것처럼 살아가다
세월의 한 모퉁이에서
나를 기억해준 것만 해도 참 고맙습니다
오래간만에 만나 우리 회포를 풀어봅시다

삶이란 정거장에서 잠시라도
우리 서로 만날 수 있다면
얼마나 좋은 일입니까

이렇게 좋은 날이라면

잰걸음을 잡아채는 힘겨움 떨쳐버리고
삶의 아픔들 한 겹씩
풀어낼 수 있을 것 같습니다

우리 만나서 커피 한잔 합시다

울고만____ 싶은 날

차가운 바람이 불고
쓸쓸함만 가득한 날
짙은 어둠이 마음으로까지 찾아온 날
왠지 의욕도 없고 입맛도 없는 날

어디를 가고 싶지도 않고
방 안에만 틀어박혀 있고 싶은 날
텔레비전도 음악도 전화벨 소리도
듣고 싶지 않은 그런 날
아무것도 하고 싶지 않고
울고만 싶은 날
우리 만나서 커피 한잔 합시다

마음이 어수선하고 쓸쓸한 날
괜스레 눈물이 나는 날
왜 살아야 할까 왜 살아야 할까
외로움이 차오르면
우리 만나서 커피 한잔 합시다

이따 거기서 만납시다
그 커피전문점 알지요
지난번 우리가 만났던 그곳입니다

한 차례 비가 내리고 나면
들풀도 풋풋한 소리를 내듯이
삶이 건조해질 때면
애꿎은 가슴만 갈아엎지 말고
우리 가볍게 만나서
커피 한 잔에 마른목을 축입시다

당신은 진한 맛을 좋아하니 블랙커피
나는 뜨거운 심장을 식히기 위해
얼음 가득 넣은 아이스 커피를 주문하겠습니다

조금 이따 만납시다
우리 만나서 커피 한잔 합시다

삶이란
우리에게 주어진
단 한 번의 외출입니다
조급증이 나도 느긋하게
화가 나도 너그럽게
그냥,
우리 만나서 커피 한잔 합시다

세상일이 성질대로 되지 않고
성급하면 넘어지고
화를 내면 스스로가 괴로운 법이니
그냥,
우리 만나서 커피 한잔 합시다

나를 둘러싼 모든 것이 싫고
어디론가 뛰쳐나가고 싶고
일하기도 싫거든
그냥,
우리 만나서 커피 한잔 합시다

입술 깨물며 하지 못한 말 있으면
신세타령을 해도 좋으니
그냥,
우리 만나서 커피 한잔 합시다

삶이란
얽매여 사는 것보다
하나씩 풀어나가야
살맛이 납니다
그냥,
우리 만나서 커피 한잔 합시다

살아간다는____ 것

세상이 아무리 어렵다 해도
풀리지 않을 일이 어디에 있습니까

살아간다는 것이 그런 것입니다

괴롭고 힘들 때마다
나만 더 꼬이고 엉키는 듯합니다

살아간다는 것이 그런 것입니다

그러나 풀리지 않을 일이 어디에 있습니까
아무리 매몰찬 바람이 불더라도
답답한 마음 훌훌 털어버리고 살아봅시다

기분이 아주 좋은 날
행복한 날이 찾아올 것입니다

하고 싶은____ 말

기분이 어떻습니까
아주 좋습니까
어쩐지 허전합니까

꿈 조각 맞추어가다 보면
어떤 날은 좋고
어떤 날은 외로움이 창을 넘어
들어옵니다

왠지 허무합니까
왠지 쓸쓸합니까
자꾸만 고독해집니까

시골길 달리는 낡은 트럭처럼
답답하고 들썩들썩할 때
산다는 것에 대해 늘어놓고 싶다면
우리 만나서 커피 한잔 합시다

불쑥 찾아온 시련과 고통이

가슴에 옹이처럼 박혀

견디기 힘들고

가슴 한구석이 왠지 시립니까

하고 싶은 말이 너무 많습니까

우리의 남은 시간을

절망으로 채우지 말고

친밀한 우정 속에서

한 잔의 커피를 마시며

하고 싶은 이야기들을 꺼내봅시다

사람이____ 그리워

나이가 들고 나서
빈 깡통같이 덧없이 살아온 것 같아
마음이 허전해지면
따뜻한 사람이 그립습니다

때로는 모욕도 당하고 바보 취급도 당하며
용케도 살아남았습니다
가물가물 잊혀져가는 옛 시절을 추억하며
그리운 사람을 떠올려봅니다

별다른 도리가 없다고 체념하지 말고
아직은 가슴에 한 톨의 미련이라도 있다면
낭만을 찾아 떠나보면 어떠합니까

아무리 애쓰며 살아도
인생이 각본대로 되지는 않겠지만
그런대로 또 살 만하지 않습니까

마음 구석진 곳까지 파고드는 허무에

우리 너무 덧없다 하지 않고
그리운 사람 찾아 만나면서
인생 황혼을 낙조에 물들여 보는 것도
멋질 것 같습니다

사람이 그리워
눈물이 왈칵 쏟아지는 날
우리 만나서 커피 한잔 합시다

다___ 그런 거야

늘 쫓기고 쫓겨 다니다가
운명을 피해 더 멀리 도망치고 싶을 때
다 그런 거라고 말해주면 좋겠습니다

가치고 뭐고 팽개치고
미친 듯 내달리다가
칼처럼 들어오는 실패라는 이름
깜짝 놀라 겁을 내고 있을 때
다 그런 거라고 말해주면 좋겠습니다

포부 있게 시작했던 일이 꺾여도
못났다 야유하지 말고
솟아날 구멍은 있다고
다 그런 거라고 말해주면 좋겠습니다

우리 만나서 커피 한잔 합시다

내일을 다시 살고픈 욕망에
심장이 다시 고동칠 수 있도록

두려움 속에서도 용기를 가질 수 있도록
어려울 때일수록 커피 한 잔 놓고
의기투합해 봅시다

세월이 지나고 나면
다 그런 거야 하며 웃을 수 있습니다

우리 만나서 커피 한잔 합시다

답답해서 견딜 수 없을 때
온몸이 타들어갈 때
서둘러서 마음 문 닫지 말고
우리 만나서 커피 한잔 합시다

가슴에 구멍이 숭숭 뚫리고
고독이 목구멍에 가득 차고
아픔이 손톱 끝을 찌를 때에도
우리 만나서 커피 한잔 합시다

시간이 해결해준다는 말이
틀린 말이 아니라는 걸 알 때가 올 것이니
잿빛 세상 배회하지 말고
우리 만나서 커피 한잔 합시다

마음의 변두리까지 고독에 잠식당하고
삶에 허기가 느껴진다면
우리 만나서 커피 한잔 합시다

강퍅한 세상에서 버티기도 힘든데
해묵은 일들까지 찾아와 흔들어댄다면
서럽다 울지 말고
우리 만나서 커피 한잔 합시다

서러운 이유

고독한 이유

외로운 이유

살다 보면 다 있는 것입니다

세상 살아가는 일

비참하다 울지 말고

우리 만나서 커피 한잔 합시다

커피 한잔 마시며 이야기 나누다 보면

설움이 씻길 정도로
기분 좋은 일들도 있었다는 걸
다시 알게 될 것이니
우리 만나서 커피 한잔 합시다

무너진 날이 있기에 오늘이 있습니다
쓰러지고 넘어진 날이 있기에
오늘이 있습니다

메마른 마음 적시고 싶으면
우리 만나서 커피 한잔 합시다

남들은 다 괜찮은데
왜 나만 시퍼런 칼날 위에 사는 것처럼
힘들까 생각이 든다면
우리 만나서 커피 한잔 합시다

아귀처럼 아등바등 살아보아야
결국에는 빈손인데
뭣하러 욕심을 내고 살겠습니까

한없이 밀려오는 세월 속에
절박한 사연 하나 없는 사람 없으니
끈질긴 희망 하나씩 갖고 사는 것입니다

비굴함을 털어버리고 싶다면
살아가는 재미를 느끼고 싶다면
우리 만나서 커피 한잔 합시다

인생살이____

팽팽한 긴장 속에서
눈에 핏줄이 터지고 입술이 터지며
치열하게 치열하게 살아갑니다

나만 힘들다 한탄할 수 있지만
둘러보면 인생살이 다 그렇습니다

인생살이 함부로 실망하지 맙시다
인생살이 함부로 절망하지 맙시다
인생살이 함부로 좌절하지 맙시다

내가 찍은 발자국이 후회스럽디라도
부디 잘 견디면서
간절함 속에 그렇게 삽시다
걸어온 길보다 남은 삶이 짧습니다

달큰한_____ 커피

창밖에 외로움이 찾아오면
달큰한 커피 한잔이 생각납니다
때때로 운명이 우리의 애간장을 녹일 때도
커피 한잔이 생각납니다
운명이 우리의 삶에 소란스런 경적을 울릴 때도
숨 돌릴 시간이 필요합니다

달큰한 커피와 함께
계절을 이야기하고, 인생을 이야기하고
가족과 친구를 이야기하고
일과 꿈과 여행을 이야기하다 보면
시간이 금방 흘러갑니다

우리가 걸어온 길
우리가 살아가야 할 길
서로 웃고 이야기를 나누다 보면
몸과 마음이 가벼워지고
없던 힘과 용기도 생깁니다

낡은____ 카페

아주 오래된 냄새가 난다
마음대로 늘어놓은 의자들은
출생년도와 태어난 나라들이 각각 달랐지만
부조화 속에서도 조화를 잘 이루고 있다

어떤 이들이 찾아와 어떤 이야기를 나누며
어떤 낭만을 즐기다 떠나는지
사뭇 궁금해진다

간판도 번듯하지 않고
위치도 좋지 않은데 사람들이 찾아와서
그들의 이야기를 꽃피우는 것은,
소리 없이 퍼진 소문이
사람들을 끌어당긴 덕분이다

낭만이 있는
오래된 카페 하나 알고 사는 것도
기분이 아주 좋은 일이다

설경을____ 바라보며

아오모리를 여행하는 중에
눈이 만든 풍경에
홀딱 빠진 채로
한 잔의 커피를 마신다

커피 잔에 겨우내 안 녹은
산꼭대기 하얀 눈을 가져와 타서 마시면
맛이 어떨까

한 모금 마시면
내 마음에도
아름다운 설경이 펼쳐질까

눈이 만들어놓은
아름다운 설경에 폭 빠져서
즐기는 한 잔의 커피에
낭만과 여유가 담긴다

커피___ 향기

이른 아침
핸드드립으로 내린
커피 향이 진하게 퍼진다

하루를 시작하기 전
아내가 주는 커피 한 잔으로
삶의 기쁨을 한껏 누린다

상쾌한 마음으로 마시는
한 잔의 커피 속에
하루의 기대감이 담긴다

산다는 것은
참 기대가 되는 일이다
아주 신나고 멋지고
아름다운 일이다

새벽____ 장사

날씨가 사나워
온몸이 오들오들 떨려도
뜨거운 커피 한잔 마시고
따끈한 술 한잔 하는 맛에
장사를 한다

깊은 밤의_____ 커피

깊은 밤
고독이 더 깊어
커피를 마신다

고독에 젖어
커피 향 짙은
한 잔의 어둠을 마셔버렸다

휴식____

　　　　한 잔의 커피에
　　　　풍덩 빠져
　　　　낭만을 즐긴다

　　　　한 잔의 커피를
　　　　목으로 넘기며
　　　　쉼표를 찍는다

한겨울____ 모닝커피

겨울 아침,
매서운 한파로 온 세상이 얼어붙어
오들오들 떨고 있다

겨울을 서둘러 쫓아보낼 생각으로
핸드드립으로 커피를 내려 마신다
커피 향이 코끝으로 전해지자마자
기분이 설레고 열기가
온몸으로 퍼지는 느낌이다

찬바람이 부는 한겨울에 느끼는
따뜻한 커피 한 잔의 온기
삶이란 아주 작은 행복으로도
이겨낼 수 있다

폴_____ 바셋

일이 없는 날
책을 한 보따리 싸들고
폴 바셋에 간다

아이스 아메리카노를
주문하고
자리를 잡는다

아이스 아메리카노로
입술과 입안을 적시고
목구멍으로 내려가는
커피의 진한 맛을 느낀다

창가에 앉아
한 잔의 커피와 함께
집에서 들고 온
시집을 탐독하며
즐거움에 빠져든다

기분 좋게
시가 써지는 날에는
커피 맛도 더 좋다

에스프레소____

왠지 외롭고 쓸쓸한 날은
코끝을 꼬드기는 향이 진한
에스프레소 한 잔이 좋다

독하고 강한 맛이
입안을 돌다 사라지면
도리어 짜릿한 맛이 찾아온다

마음이 쑥밭이 되어 힘들 때
에스프레소를 마시며
잠시 숨을 돌리면 위로가 된다

나 괜찮아!
사르르 속이 풀리고
빠져나갔던 기운이
다시금 찾아온다

커피____

검은 유혹의
커피 잔에
내 마음을
잠시 잠깐
풀어놓았다

절대 고독의 시인
커피를 좋아하고 즐겼던
다형(茶兄) 김현승

한 잔의 커피 속에서
시를 찾고, 인생을 느끼고
고독을 노래한 시인

열두 살 때부터 마시던 커피가
사발 커피가 되어
끝 모를 목마름을 달랬다고,
커피를 예찬하였던 시인

가을을 좋아하고
가을을 사랑하고
가을을 시로 쓴 시인

한 잔의 커피가 흘러
시가 되고

가을이 되고

고독이 되고

기도가 되어

오늘도 많은 사람들의 마음을 적신다

커피_____ 예찬 2

암울했던 시절
진한 커피를 좋아했던
여성 작가가 있었다

독일의 몽마르뜨라 불리는
슈바빙 제에로오제 카페에서
늘 진한 커피를 마시던
수필가 전혜린

그녀의 고뇌와 삶의 현실이
목숨 끈을 더 짧게 만들었다지만
사는 동안만큼은
뜨거운 열정으로 살았다

삶의 한계에서
몸부림도 절정에 달했을까
그녀는 삶을 포기하고
스스로의 막을 내려버렸다

그녀가 마시던

그 진한 커피도

식어버렸다

박목월은 원효로 집에서
한밤중에 시를 쓰며
검고 진한 커피를 마셨다

식구는 많은데
늘 가난한 삶
시인은 외롭고 고독했다

한밤의 고독은 더 목마르게 하여
커피를 마시게 한다

고독한 시간에
그의 친구가 되어준 암갈색 심연의 커피는
밤을 지새우며
풀리지 않는 시를 쓰는 동안
그 밤의 갈증을 씻어주었다

그가 마시던 심야의 커피는
그의 시 속에서 강이 되어 흐르고

시를 읽는 누군가의 가슴에도

흐르고 흘러

오랜 갈증을 씻어준다

미로 같은
프란츠 카프카의 〈성〉을 읽다 보면
커피 한잔이 유독 생각난다

참혹하고 끔찍한 이야기가
목에 걸리고 가슴에 걸려
씻어내려야 한다

여행을 하며
카프카의 생가 거리에 있는
카페 프란츠 카프카에서
진한 커피를 마시면
진짜 프란츠 카프카를 만날 수 있다

어떤 절망 속에서도
어떤 고통 속에서도
어떤 아픔 속에서도
다시 희망을 찾을 수 있다

한여름___ 냉커피

대지가 지글지글 타오르는
한여름날
큰 컵으로 냉커피를 양껏 마시면
목줄기를 타고 내려가
여름을 몸 밖으로 밀어낸다

진한 냉커피 덕분에
한 차례 더위도
잠시 몸을 사린다

무더운 여름날
마시는 커피 한잔이
인생의 맛을 깨닫게 한다

우리는 때로는
아주 단순한 것에서
행복을 찾고
살아갈 이유를 얻는다

어
느
날

그 길 위에서

비가____ 내리는 날

피곤한 먹구름이 몰려와
비를 뿌린다

쓸쓸함이 혈관으로 흐르고
가슴 한켠에 외로움이 돌돌 말려 있는데
그리움에 폭 젖은 비가
추적추적 내린다

혼자 끙끙 앓다가
거리로 나선다

어디로 갈까
무작정 걸음을 내디뎌보지만
막상 갈 데가 없다
오늘도 방황해야 한다

비가 내리는데
갈 곳이 없다

Stay_____ With Coffee

제주도 여행을 하다
한 잔의 커피가 당기면
핸드드립 커피로 유명한
Stay With Coffee를 찾는다

야자수와 잘 어우러진 창가에 앉아
커피 향을 그윽하게 느끼며
잠시 고독에 젖어보는 것이 좋다

파도치는 해변을 보고 있으면
어느새 가슴에도 파도가 친다

Stay With Coffee

사랑하는 사람이 그립고
파도치는 바다가 그립고
한 잔의 커피가 그리우면 찾는다

잠시 동안 머물다 떠나도 좋고

오랫동안 앉아 사색해도 좋은 곳에
나 또한 발을 들여놓고
한 잔의 커피를 마실 수 있어
행복하다

델문도 인____ 제주

창밖에 푸른 바다 드넓게 펼쳐져 있어
가슴이 탁 트인다

시시때때로 파도가 치고
그리움이 몰아치는 곳

사랑하고픈 사람과
사랑하는 사람과 함께 오면
사랑이 더욱 깊어지는 곳

바다가 커피숍을 만났는지
커피숍이 바다를 만났는지
바다에게도 커피숍에게도
큰 행운이다

이국적인 풍경과 함께
사랑의 낭만을 그려내는
델문도 인 제주

초원____

가자, 가자
한없는 자유를 누리려면
푸르름이 펼쳐지는
초원의 한복판으로 가자

푸르른 풀이
지평선을 이루는 초원에는
자유로움이 가득하다

풀과 나무, 동물과 새,
하늘과 구름과
다른 모든 것들이
자유롭게 모여들어
자연 그대로의 풍경을 만들어낸다

온갖 동물들이 날뛰는
생생한 자유를 마음껏 누리려면
드넓고 푸른 초원으로 가자

바이칼___ 호수를___ 바라보며

지구는 얼마나 목이 마르면
이 거대한 바이칼 호수를 품고 있을까

끝이 보이지 않은
거대한 호수를 가까이 바라보며
한 잔의 커피를 마신다

바이칼 호수에 비하면
너무나 작은 커피 한 잔이지만
여행자의 목을 축이기에는 충분하다

거대한 호수를 보는 것만도 벅찬데
맛있는 커피까지 얻어 마시니
여행자에게는 지극한 행복이다

똑같은 커피 같아도
기분 좋을 때
행복할 때 마시는 커피는
왠지 모르게

맛이 더 좋다

바이칼 호수를 바라보며 마시는
커피의 맛은
내 혈관 속을 흐르며
언제든지 꺼내보는 추억이 된다

바이칼 호수와 한 잔의 커피
내 삶에 선물하는 가장 아름다운 추억이다

심표를＿＿＿ 찍다

속초에 강의하러 와서
하루 잠을 자고 아침에
델피노 리조트 로비 스타벅스에서
아이스 아메리카노 한 잔으로
하루를 연다

여름 휴가 끝 무렵이라
빈자리 하나 없고
길게 줄을 서서 주문을 기다리는
사람들도 많다

어디서 온 사람들일까
열심히 일하다가
쉼표를 찍으러 온 사람들
아침에 한 잔의 커피로
또 하나의 작은 쉼표를 찍는다

이 먼 곳까지
쉼표를 찍으러 온 사람들

반복되는 일상에서
벗어나고 싶은 마음이
그만큼 크겠지

자유롭게 떠돌다가도
한곳에 정착하지 못하면
불안한 인생

잠깐의 일탈과
잠깐의 쉼표,

커피 한 잔으로
마음이 가벼워지고
돌아갈 힘이 생긴다

말년의____ 비애

여태껏 잘 살아왔는데
그까짓 돈이 뭐라고
지금껏 잘 살아왔는데
쓸데없는 행동 하나로
미련스런 집착 하나로
인생이 통째로 날아가니
이게 무슨 꼴인가

삶은 사람답게, 나이답게
살아가는 것이다
황혼이 아름답게 물들도록
살아가야 하는 것이다

바이칼____ 호수

바이칼아!
네 얼굴이 너무나 커서
다 보지도 못하고
떠난다

바닷가에서_____

파도가 자꾸만
밀려오는 이유를 알았다
만나고 싶어서
하고픈 말이 있어서
자꾸 다가오는 것이다

이별하며_____ 산다

삶이란 시간의 난간에
잠시 기대어 살다가
어느 날 훌쩍 떠나는 것

만나고 만나면서
사는 것 같아도
사실은 늘 이별하며 산다

언젠가 만났던 사람도
언젠가 사랑했던 사람도
어느 날 소리 소문 없이 떠난다

문득문득 생각난다 하여도
다시는 만날 수 없는 이별

어디로 갔을까
영영 못 보는 걸까
늘 궁금증만 남는다

만나고 만나면서
사는 것 같아도
결국엔 늘 혼자다
사람이 떠난 자리에는
그만큼 외로움이 들어찬다

늘 만나며 사는 것 같은데
서툰 인생 탓인가
늘 쓸쓸함뿐이다

만나고 만나면서
사는 것 같아도
늘 이별하며 사는 것이
인생이다

안부____ 인사

요즘 어때?
잘 있지?
별일 없지?
그러면 되는 거야

탈 많은 세상에서
무사하게 살아서 다행이다

잘 지내고 행복하렴

4월____ 초록

온 세상에
봄꽃이 가득하다

푸른 하늘에도
희망이 가득하다

봄비 한 번 내릴 때마다
초록은 더 짙어진다

참 좋은 계절이다

한 번쯤은_____

한 번쯤은
정말로 하고 싶었던 일을
하면 안 될까

그동안 하고 싶어도
혹시나 해서 미뤄뒀던 일
설마 해서 망설였던 일

아무 생각 없이
아무 후회 없이
눈 딱 감고 한 번쯤은
폭 빠져버리면 안 될까

아무 일도 없었던 것처럼
일상으로 돌아올 수만 있다면
한 번쯤은 정말 하고 싶었던 일을
해보고 싶다

이별____

어느 날 갑자기 셈이 끝났다

정이 떨어지고
내 마음까지 쪼개져버려
미련 없이 툭 털어내고
떠날 수 있다

시베리아___ 들판

광활하고 쓸쓸한 시베리아 들판에서
아주 우연히 만난 네잎클로버
춥고 견디기 힘든 유형의 시절에도
네가 있었기에
고통을 견딜 수 있었고
희망을 가질 수 있었구나

사형수의___ 인생

이 땅에 살고 있는 모든 사람은
태어나자마자 아주 불행하게도
사형이 이미 선고된 사람들이다

사람마다 집행일이 제각기 다를 뿐
모두 다 동일한 죽음을 맞이한다

모든 사람이 죽음을 향해
쏜살같이 달려가는
비극적이고 극단적인 운명

순간순간 다가오는
죽음을 까맣게 잊어버리고
욕망의 노예가 되어
하루라도 생명을 연장하기 위해
애쓰는 사람들

알고 보면 한 서리고 수고스러운
허무한 삶이지만

아주 많이 쓸쓸하고
아주 많이 외롭더라도
잊고 사는 것이
도리어 다행이고 축복인가

죽음을 정면에 내세우면
삶이 얼마나 비참할 것인가
내일은 죽음이 찾아오더라도
오늘은 사랑하며 사는 것이
조금은 덜 비참하고
더 나은 인생이려나

고양_____ 호수공원

호수에 저녁노을이 붉게 물들면
세상의 모든 것들이
아름다워지는 시간이 된다

어둠이 찾아오는 순간
빛과 어둠이 조화를 이루며
사람을 매혹한다

빛이 찾아오면
어둠이 도망치고
어둠이 오면
빛이 꼬리를 매달고
저만치 멀어져간다

노을이 호수에 스미는 시간
가슴에 타오르던 열정도
잠시 수그러든다
호숫가를 천천히 걸으면
나무와 꽃들이

마음의 긴장을 풀어준다

잔잔하고 평화로운 호수를 바라보며
삶의 가치를 찾는다
걸으면 걸을수록
나무 한 그루 한 그루가
친구처럼 가까이 다가온다

푸른 하늘 아래
호수 어딘가에 마음의 짐을 내려놓고
고요한 즐거움을 누린다

백두대간____ 두문동재

초록의 빛깔이 짙어가는
햇살 뜨거운 여름에
숲이 나를 불러
걷고 또 걸으며
초록의 숲에 풍덩 빠진다

나무들의 키는 하늘에 닿은 듯하고
지천에 널려 있는 수많은
야생화의 이름을 묻다 보니
내 마음도 초록에 물든다

동자꽃, 마타리, 애기똥풀,
개망초, 하늘나리,
수없이 피어나는 꽃들의 이름을
다 부르기에는 가슴이 벅차오른다

나무 사이로 간간이 보이는 푸른 하늘
저 멀리 보이는 산들의 절경에
감탄하며 걷다 보니

어느 사이에 검룡소에 다다른다

한강의 발원지를 눈으로 볼 수 있다니
감개무량하여 그 행복함을
마음껏 소리로 내지르고 싶다

내 나라 산천이 이토록 아름다운데
아직 부족하다 말할 게 있을까

노을 지는____ 정서진

사랑의 발길이 찾아오고
노을이 아름답게 지는 곳
경인 아라뱃길이 시작되고
사람들의 희망이 시작되는 곳

하루하루를 열심히 살아가는 사람들
하루하루를 감사하며 살아가는 사람들
마음속의 종이 세차게 울려 퍼진다

해넘이 전망대에서 바라보면
노을 지는 모습이 더 황홀하다
노을 벽에 매달린 종들은
사랑이 이루어질 때마다
더 세차게 울린다

찾아오는 이들을 반겨주고
떠나가는 이들에게
그리움을 선물하는 곳

인생의 살맛을 느끼게 하는
정서진!
또다시 찾아오고 싶어지는
추억의 여행길

화창한 봄날에
청보리 밭길을 걸어가면
휘파람이 절로 난다

황톳길에 심겨진
청보리 낱알이 알알이 익어갈 때면
내 사랑도 함께
폭 익어갈 것이다

청보리 밭길을 바라보면
정겨움이 가슴에 가득해지고
그리움에 눈물이 난다

청보리 밭길을 걷고 또 걷다 보면
누군가를 반갑게
만날 것만 같은 느낌이 든다

봄을 가득히 담아놓은
청보리 밭이

누구나 오라고 부른다

봄날이 불러들인
초록의 향연이 들판에 가득한데
사랑하는 이 돌아온다면
기다림도 행복하지 않을까

울진___ 가는 길

노랗게 익어가는 벼들이
가을 이야기를 속삭이는 날
울진으로 떠난다

아직은 가을의 시작이라
나무들이 햇살 끝에 남아 있는
여름의 추억에 긴 팔을 뻗고 있다

며칠이 지나면
가을 나무들은 자기들의 세상을 맞아
단풍으로 찬란한 빛깔을 뽐내며
축제를 즐길 것이다

차로 동해, 삼척, 울진을 내달리며
창밖에 보이는
바다를 바라보면서
시원한 공기를 가슴에 담으니
한동안 쌓였던 피로가 가신다

혼자서는 보기 아까운

아름다운 풍광을 눈에 담을 때

여행하는 즐거움 속에

가슴이 활짝 열린다

관동팔경____ 월송정

월송정 이층 누각에 앉아
옛 선비가 된 기분으로
탁 트인 동해 바다를 바라보니
삶의 시름이 한순간에 사라지듯
가슴이 뻥 뚫린다

오래된 소나무들은
폐를 맑게 해주고
하얀 구름은 바다와 맞닿을 만큼
낮게 떠서 아름다움을 더해준다

문무를 닦던 신라의 화랑이 찾아와
울창한 소나무 숲에서
달을 바라보며 심신을 단련했다니
참으로 멋진 조상을 두었다

관동팔경 중에서도
가장 남쪽 해변에 있는
월송정에 사랑하는 이와 앉아

노을이 사그라질 때까지 바다를 보며
이야기를 나누고 싶다

시원한 숲 공기가 밀려오는
월송정에 앉아 있다 보면
세월은 한없이 흘러가지만
아름다운 절경을 즐기고 싶은 마음은
옛사람이나 현재를 사는 우리나
이심전심이 아닐까

순천만____ 갈대숲

드넓은 갯벌에 갈대들이 모여 자란다
갖가지 사연들이 모여들어
들려주고 싶고 말해주고 싶은
정겨운 이야기 가득한 뜨거운 열정으로
거대한 갈대숲이 만들어졌다

조붓조붓 웃자란 갈대들의 이야기를
귀담아듣고 싶다면
속살거리듯 퍼져나가는 갈대들의 이야기가
궁금하다면 갈대숲으로 오라

속살거리는 갈대들의 축복 속에
사랑을 나누고 싶다면
갈대숲으로 오라

바람 따라 자유롭게 손을 흔드는
갈대들의 춤사위가 보고 싶다면
갈대숲으로 오라

그리운 목마름으로 피어난 갈대들이
당신을 만나고 싶어
제자리를 지키며 기다리고 있다

석양 물드는 시간
갈대밭을 마음속에 그려놓고 싶은 사람은
망설이지 말고 갈대숲으로 오라

너무나 고운 빛깔로
푸른 하늘빛 가슴에 물들일 때
순천만 갈대숲은 당신의 마음속에
아름다운 그림 한 폭으로 남을 것이다

눈이___ 내린다

속초에 눈이 내린다
무슨 까닭에 무슨 사연이 있기에
저리도 쉴 사이 없이
쏟아져 내리는 걸까

눈이 내리는 날이면
창문을 열고도 보고 싶고
창문을 닫고도 보고 싶다

눈이 내리는 날은
기분이 아주 좋아지고
무슨 일이 생길 것 같다
이런 마음이 생기는 것은
눈이 하얀색이기 때문일까

오늘도 눈이 내리는
창밖을 마냥 보고만 싶다
혹시 사랑하는 이가 오지 않을까

아오모리현____ 청삼옥 호텔에서

산을 넘어서 찾아온
시골 마을
청삼옥에 머물며
이른 아침 커피를 마신다

떠나온 삶은 자꾸만 길어지고
남은 삶은 짧아지는 게 안타까워
오늘따라 커피 향기가
온몸에 파고든다

호숫가 산책길을 걷는 내내
산뜻한 공기가
커피 향 가득한
가슴속으로 비집고 들어온다

태백____ 가는 길

태백 가는 길
산속을 달리는 열차에
짐을 풀듯 몸을 실었다

초록이 풍성한 산을 만나고
잔잔히 흐르는 강물을 바라보며
역과 역들을 지나칠수록
잡동사니처럼 쌓인 걱정이 사라지고
마음이 한결 가볍고 편안해진다

불현듯 도시를 떠나
자연의 품으로 들어가는 여행은
기대만큼 기쁨이고 감동이다

열차는 부리나케 달리는데
늘 바빠 부랴부랴 성급하게 살아온
내 몸과 마음은 벌써 조바심치며
태백에 도착했다

태백 가는 길

내 마음 한구석에

늘 그리운 사랑이 흐르고 있다

인천공항에서____

머물고 떠나는 삶인 줄 알았더니
계속해서 떠나기만 하는 삶이다

오늘도 여행을 떠나며
한 잔의 커피를 마신다

만나는 풍경이 얼마나 아름다울까
어떤 사람들을 만날까

늘 아쉬움이 남는 삶이기에
마음 한구석이라도
추억을 남겨놓으려고
여행을 떠난다

여행과 커피는
내게 다정한 친구다

낯선____ 세상

떠나는 사람과
돌아오는 사람들이
서로 교차되는 곳이
바로 서울역이다

낯선 얼굴들이 눈동자에 박힐수록
쓸쓸하고 고독해져
쓴 커피를 마셔야 한다

살면 살수록 낯선 세상이다
살면 살수록 서툰 세상이다

멀리 떠나는 길에
내 마음을 적셔주는
아주 진한 한 잔의 커피
잠시나마 가장 가깝게
친근한 벗이 되어준다

산토리니___ 커피

파란 하늘 아래
흰색과 푸른색이 잘 어울리는
그리스풍의
산토리니 커피점을 찾았다

강릉의 푸른 바다가 내다보이는
창가에 앉아
핸드드립으로 내린 커피를 음미한다

바다를 보니 가슴이 트이고
향기로운 커피를 마시니
기분이 좋아진다

커피 향을 코끝에서부터 온몸으로 느끼며
조금씩 마시니 마음이 편안해진다

오랜 여운을 남기는 커피 맛을
강릉 해변에서 만났다

다시 강릉에 가면
다시 산토리니에서
핸드드립 커피를 마시며
푸른 바다를 만나고 싶다

가을이___ 떠나는___ 길목에서

가을이 떠나려 할 때면
내 가슴에 엉켜 있던 그리움이
아쉬운 눈물로 떨어진다

떠나보내고 싶지 않은
가을을 끝내 붙잡지 못하고
애달픔에 한숨을 내쉰다

가을에는 정동길을 걸어야
가을의 운치와 멋을 느낄 수 있다
걷다가 잠시 쉬고 싶다면
전광수 커피하우스에 들른다

가을에 정동길을 바라보며 마시는
커피가 있어
떠나는 가을의
발걸음을 보고 있어도
외로워하지 않을 수 있다

따뜻한 커피의 온기가
찬바람 부는 늦가을에도
가슴을 따뜻하게 적신다

가을날 정동길에서 마신 한 잔의 커피
그 맛을 잊을 수가 없다

이제는 가을 이야기가 그리울 때
습관처럼 정동길을 다시 찾는다

다카한_____ 료칸에서

세상이 온통 눈으로 덮인
눈의 나라에서
아름다운 설경을 바라보며
한 잔의 커피를 마신다

이곳이 이리도 아름다운가
이곳이 이리도 좋은가

여행을 하면서
눈이 만들어낸 설경이
이토록 아름다운 곳을
만날 수 있다는 건 행운이다

한 잔의 커피는 목마름을 달래주고
아름다운 설경은
여행자의 고독을 달래준다

가와바타 야스나리도
이 커피를 마시며

소설을 쓰지 않았을까

나는 오늘 시 한 편을 쓰며
한 잔의 커피를 마신다

사오미소____ 료칸에서

어디를 가나 눈밭인 니카타
사오미소 료칸에서
하루를 머물며 피로를 푼다

아직은 한겨울인 이곳
창밖 해변에는 성난 파도가
쉴 사이 없이 몰려와
물거품을 만들고 있다

파도를 바라보며 생각한다
나도 젊은 날
저토록 파도치며 살아왔다
힘든 세상살이 파도처럼 몰아치며
여기까지 왔으니
오늘은 쉼표 하나 찍어도 좋을 듯싶다

거친 파도가 밀려오는 해안에
갈매기들이 날고 있다
어떤 악조건과 역경 속에서도

살아가는 생명이 있어
우리도 내일을 희망하며 살아가는 것이다

료칸에서 목욕을 하고
아침에 마시는 커피 한 잔으로
몸과 마음이 개운해진다

놋그릇___ 카페

놋그릇과 커피
잘 어울리지 않을 것 같은데
무슨 관계일까
무슨 인연일까
북촌 놋그릇 카페에 들어가
궁금증을 풀어본다

거창에서 대대로 놋그릇을 만든 장인
2층에 전시장을 만들고
1층에서는 놋그릇도 전시하고 커피도 판다

우리나라 전통 놋그릇과 커피
친할 것 같지 않은데
가까운 사이로 만나고 있다

토요일 오후
북촌에서 아내와 식사를 하고
다정히 걸으면서
이상의 집도 들어가 보고

놋그릇 카페에서
한 잔의 커피로
마음에 여유를 만든다

올해는 봄꽃이 왠지
더 찬란하게 활짝 피어날 것만 같다

그저

나인 듯 너인 듯

최고의_____ 축복

당신을 만난 것은
큰 축복입니다

사랑할 사람이 있다는 것
사랑할 시간이 있다는 것

하늘이 내린
축복이 가득한
삶입니다

내가 사랑하는 사람과
사랑을 나누며 살아간다는 것은
최고의 축복입니다

당신＿＿＿ 웃음

당신 웃음

한 번에도

세상은 잠시 동안

환해집니다

그냥____ 가

뒤돌아보지 말고 그냥 가
돌아보면 미련이 생겨
못 떠날지도 몰라

눈길 돌리지 말고 그냥 가
돌아보면 보고 싶어
다시는 못 떠날지도 몰라

아무 말 하지 말고 그냥 가
무슨 말이라도 하면
영영 발길 돌리지 못할지도 몰라

허기진____ 삶

허기를 느끼는 사람이
헝그리 정신을 갖는다

배고픔의 허기,
사랑의 허기,
일의 허기,
작품의 허기,
여러 가지 허기들이 일을 찾게 하고
일을 하게 만들고
새로운 변화를 일으킨다

허기는 행동을 만든다
삶은 구경해서는 안 된다
뛰어들어 삶답게 살아야 한다

혼자____ 살라면

나 혼자 살라면

내 마음 한구석이

너무 외로워서

너무 쓸쓸해서

너무 고독해서

너무 그리워서

나는 정말 못 살 것이다

봄꽃____ 필 때____ 찾아오시게나

산천에 봄꽃 필 때
꽃길 따라 찾아온다면 얼마나 반가울까

겨우내 모진 찬바람에도
끈질기게 견딘 땅이
온 힘을 다해 피운 꽃들이
얼마나 예쁘고 아름다운가

봄꽃 필 때 날 찾아온다면
나도 한걸음으로 달려나가
반갑게 맞아주겠네

우리 서로 웃는 얼굴로
만날 수 있음이 참 반가운 일 아닌가

산에 봄바람 불어오는데
날 찾아온다는 소식에
벌써 가슴이 설레는데
어찌 보고 싶지 않겠는가

봄꽃 필 때 찾아오시게나
꽃길 따라 날 찾아온다면
어찌 반갑지 않겠는가

황사____

제 터전을 버리고
광활한 사막을 지나
부지불식간 습격해온 먼지들
보기만 해도
목구멍이 까끌하다

틈새만 있으면
어디든 비집고 들어갈
아주 작은 먼지 알갱이들
참 멀리서도 뻔뻔스럽게 날아왔다

불안한 마음 불러일으키는
미세한 먼지들이 바람 따라 왔다
바람 따라 사라지고 있다

살아____ 있다는 것

심장이 뛰고 있다는 것은
얼마나 놀랍고 감사한 일인가
살아 있다는 것은
가슴 뭉클하도록 감사한 일이다

사랑하는 사람을 바라보면서
하고 싶은 일을 하면서
살아간다는 것은 축복이다

찬란한 햇살 받으며
행복하게 살아간다는 것은
희망이 흐르고 있다는 것이다

가장____ 어리석은 행동

두 사람이 함께 있으면
한 사람은 스승이라 했다

나만 항상 옳다 생각하고
남은 항상 그르다고 생각하는 것은
사리분별이 없는
눈멀고 어리석은 행동이다

남을 먼저 인정하고 배려할 때
자신도 인정을 받을 것이다

잊어버린다는____ 것

떠나고 버리고 잊는다는 것
마음속에서 머릿속에서
지워버리고 잊어버린다는 것은
아주 대단한 일이다

몸서리치는 절망
고통스러운 일들은
하나씩 하나씩 잊자 잊어버리자
잊어가면서 살자

망각이 없다면 삶은 늘 숨 가쁘고
고통과 절망 속에서
신음하고 살 것이다

나는____ 견딜 수____ 있습니다

그대이기에
지칠 줄 모르는 그리움 속에
나는 견딜 수 있습니다

드러낼 수 없는 극한 아픔과
잃어버린 것에 대한 처절한 절망과
뼈 속을 흐르는 고통 속에서도
그대는 나를 언제나 한결같이
변하지 않는 마음으로 지켜주었기 때문입니다

가슴 마디마디 저미는
아픔과 절박함
외로움 속에서도
그대가 용기와 희망을 주었기 때문입니다

그리움이 심장에 고이고
보고픔이 핏줄을 타고 온몸에 흐릅니다

그대이기에

흔들리는 마음마저 털어내고
나는 견딜 수 있습니다

그대의 관심과 이해와
배려와 사랑이 있었기에
오늘까지 무수한 어려움 속에서도
삶의 행복을 느끼며 살 수 있었습니다

세월의____ 주름

가는귀 먹고 늙어가는 얼굴에
세월의 흔적이 남긴 기구한 주름들
그 속에 살아온 이야기가 담긴다

살아오는 동안 나이가 이마에
깊은 주름을 새겨놓았어도
마음에는 주름을 만들지 말아야 한다

오래된____ 증명사진

나의 옛 시절이
네모 안에 갇혀
그 시절 그대로 남아 있다

보면 볼수록
어색하고 경직되어 있는
눈빛과 입매
금세 웃음이 떠오른다

내 곁에 오래도록
남아 있는 그 시절
그리움이 잔뜩 묻어 있다

세월 따라 너무 많이 흘러와서
그 시절로 돌아갈 수는 없지만
그리움은 여전히 짙게 남아 있다

봄소식____

겨우내 냉가슴 앓으면서도
몹시 궁금했던 모양이다
화사한 봄이 오자마자
나무의 알몸 깊이 박혀 있던
꽃들이 불쑥불쑥 피어난다

서로 다투듯
꽃들이 저마다 숨통을 터뜨리며
일제히 봄소식을 전한다

겨우내 누가 그렇게 보고 싶었을까
겨우내 무엇이 그리도 궁금했을까

봄이 되면
봄꽃은 너 나 할 것 없이
활짝활짝 피어난다

봄바람____ 불 때

봄바람이 불 때마다
봄바람의 손가락이 닿는 곳마다
산과 들 모든 곳이
겨울잠에서 깨어난다

봄바람이 한 번 불어올 때마다
궁금했던 가슴이 설레도록
산과 들에 싹이 난다
봄바람이 한 번 불어올 때마다
솔깃한 가슴이 뜨거워지도록
나무들도 꽃을 피워낸다

봄바람이 불면
봄비가 촉촉이 내린다
봄바람은 생명의 바람이다
나는 들판에서 봄바람을
온 가슴으로 맞아들이고 싶다

코딱지____ 꽃

들판에 놀러 나온 아이들이

코 후비고 떨어뜨린

코딱지에 꽃 피어났다

봄___ 들판

따사로운 봄바람에
두터운 겨울 외투가
한순간에 벗겨졌다

잠이 덜 깨었던 버들강아지도
활짝 눈뜨는 봄날
봄꽃들도 마구 피어나고 싶은
충동으로 가득한 날

봄바람에
겨우내 잘 견디어온 들풀들
초록의 노래가 들판에 가득하다

봄꽃으로_____ 피어난다

나무들이 겨우내 추위에 떨다가
봄 햇살이 토해놓은 숨결에
봄꽃을 활짝 피웠다

겨우내 살고 싶어서
숨을 참다가
봄 햇살이 토해놓은 숨결에
비명 지르듯 봄꽃으로 피어난다

겨우내 보고픔을 미뤄왔는데
한겨울 참아온 숨을 토하듯
피어난 봄꽃이 반갑다
봄꽃이 참 아름답다

아침___ 다짐

이슬 먹은 풀잎이
힘을 불끈 낸다
쨍쨍한 햇살 아래
꽃 피우며 잘 살아보겠다고
굳게 다짐한다

산골짝____

산골짝에서는
언제 올지 모르는
소식을 내내 기다리며
산길 따라 물길 따라
소식을 흘려보내고 있다

추억____

떠나버려서
추억이다

머물면
추억이 아니다

아쉬워서
추억이다

만족하면
추억이 아니다

왜___ 그랬을까

왜 쓸데없이 그 짓을 했을까
마음이 뒤틀리고 꼬였나
왜 그 못된 짓을 했을까
사람이 덜된 걸까

조금만 돌이켜 보면
후회와 고통만 남을 텐데
가슴이 숭숭 뚫리도록
허망함만 남을 텐데
왜 그런 짓을 했을까

후회가 빗발치듯 할 텐데
무수한 상처를 남길 것을
뻔히 알면서도
왜 스스로 비수를 꽂았을까

허무한_____ 일

우리는 허공을 향하여
손짓, 발짓, 몸짓 다 하며
얼마나 많이 몸부림치며 살아가는가

결국에는 아무것도 아닌
뺄짓인 줄 빤히 알면서도
공수표를 던지고 아우성을 친다

허공은 텅 비어 있어
아무리 몸부림쳐도
아무런 표시가 나지 않고
나중에는 자기만 지치는 걸 알면서도
사람들은 멈추지 않는다

허공에 떠 있는
우주의 점 같은 이 지구에서
무엇을 바라며
무엇을 구하며 살아가는가
모두가 허무한 일이다

삶은 허공만 바라보다
빈손으로 왔다가
빈손으로 가는 것이 아닌가
삶이란 참 허무한 것이다

집 나간____ 고독

너무 외로워서

고독을 걸어놓았더니

저도 외롭다고

집을 나가버렸다

당황스러울____ 때

그렇지 저렇지 아마 그럴 거야
내가 왜 이럴까
이 노릇을 어떻게 해야 좋을까

아차! 하는 순간
잃어버렸다

그럴 수 있을까 하는 순간
생각을 잃었다

설마 하는 순간
실수하고 말았다

이런 일이 있을까
누가 알까 창피스럽다

그리움____

너는
언제나 멀리 있다
그래서 나는
명치끝이
늘 아프고 아린
그리움을 가졌다

보고 싶을_____ 때

너는 어디에 있을까
가슴이 미어지도록 보고 싶다

그리움이 가득해
참았던 울음 울컥 쏟아내면
온몸이 그리움으로 물든다

그리움이 한꺼번에 솟구쳐
감당할 수조차 없는데
너의 모습은 어디에도 보이지 않는다

고즈넉한 꿈결에서라도
보고 싶다

네가 올 때를____ 기다리며

가슴을 촉촉이 적셔오는
기다림과 그리움이 있어 살아간다
흘러간 세월은 잡을 수 없어
바람같이 떠나도록 내버려둔다

훌쩍 떠나는 삶 속에서
오직 꿈 하나 이루고 싶어 살아간다
내 마음이 적막하고 외로워도
너 하나 만나고 싶어 살아간다

너를 만나
같이 행복한 날들을 만들고 싶어
거친 숨 몰아쉬더라도
네가 올 때를 기다리며 살아간다

곱디고운＿＿＿ 엄마

내 어린 시절
한복 입고 마실 가시는 엄마
동동 구르무 바르시고
머리 한가운데 곧게 가르마 타시고
뒷머리에 쪽을 단정하게 틀고
하얀 고무신 신고 어디론가 떠나신다

엄마의 젊은 시절
한복을 곱게 입으신 엄마는
참 아름답고 예뻤다
엄마 손 잡고 종종걸음으로
따라가던 날이 문득 생각이 난다

엄마가 세상을 떠나시고
모든 것들이 볼 수 없는 그리움이 되었다

먹먹한 가슴
손끝에 닿을 수 없고
다시는 볼 수 없는 엄마가

불쑥불쑥 보고 싶고 그리워진다

엄마, 잘 계시죠?

아들도 잘 지내요!

불행한_____ 전쟁

검은 죽음의 공포를 몰고 오는 전쟁은
절대로 일어나지 말아야 한다
죽음의 덫에 갇히는
참혹하고 처절한 전쟁은
절대로 일으키지 말아야 한다

아비규환을 만드는 전쟁은
사람을 수천 길 절망의 벼랑 아래로 떨어뜨린다
전쟁은 양민을 학살하고 고아를 만들고
분노와 갈등을 만들고
결국엔 비참한 종말을 가져온다

야심을 가진 지도자는
불행한 전쟁을 일으키면서도
핏대를 세우고 애국을 말한다
전쟁은 미치광이 지도자들이 일으키는 것이다

아무리 명분을 앞세우더라도
전쟁은 절망과 파멸만을 가져올 뿐

이유 없이 수많은 사람들이
이름 없이 무의미하게 죽을 뿐

전쟁은 일으키지 말아야 한다
큰 전쟁이든 작은 전쟁이든
전쟁은 절대로 지워지지 않는
상처와 상흔만을 남긴다

고독으로____죽음

풍요의 도시에서
옆집 사람이 죽어도 모른다

복잡한 도시 속에
고독이 곪아터지면
삶의 방향을 잃어버린다

출구도 없고
갈 곳도 없고
도저히 벗어날 수 없다

인간의 연이 끊어지면
목숨의 연도 이어나갈 힘을 잃어
마음도 몸도 썩어 문들어진다

뼈마디에 흐르던 고독이
심장에 흐르면
그 고독으로 죽을 수밖에 없다

옆집____ 사람

벌써 10년 넘도록
같은 건물에 살고 있는데
어쩌다 만나면 인사를 나눌 정도다

고향이 어디인지
어떤 일을 하고 있는지
가족은 어떻게 되는지
나이는 어떤지 알지 못한다

참 쓸쓸한 세상이다
참 고약한 세상이다

가까이 다가가려 해도
싫어하는 세상이니
이웃사촌이란 말도 사라진 말이다

참 안타까운 세상이다
참 몰인정한 세상이다

연에게___ 바람

어차피 한순간이지만
날아오르려면
더 높이 날아올라라

모든 것이 한순간이지만
의미가 있고
희망이 있다면
아무런 후회도 없이 날아올라라

세상 참＿＿＿＿ 그렇지요

세상 참 그렇지요
때때로 생각지 않은 일들이 벌어지고
뜻밖에 놀랄 일들이 일어납니다

세상 참 그렇지요
저럴 수가 하는 일들이 생겨나고
이럴 리가 하는 일들도 일어나고
그럼 별 수 없지 하는 날도 있고
이렇게 기분 좋은 일이 있을까
하는 날도 있습니다

세상 참 그렇지요
그래서 살맛 나게 살고 싶은 것입니다

줄서기____

줄 한번 잘 섰다가
인생이 달라지는 사람도 있습니다
줄 한번 잘못 섰다가
혼쭐이 나고 패가망신을 당하는
사람들도 종종 있습니다

줄도 나름이겠지만
줄대로 순서대로 살아가는 사람들은
별 탈 없이 잘 살아갑니다

길____

갈 길이 없다고
절망하지 마라

모든 길은
누군가 처음 걸어
시작해놓은 길이니

내가 갈 길은
내가 만들어가는 것이다

아마_____ 그때였을_____ 거야

네가 훌쩍 아무 기별도 없이
나를 버리고 미련 없이 떠난 날
기억 속 또렷하고 생생한 날이
아마 그때였을 거야

그림자마저 끌어안고 멀어져간 네가
한동안은 내 마음에서 떠나지 않고
머물러 있었을 거야

아무것도 묻지 마라
모든 일이 서러워
생각하기도 싫다

벌써 너를 잊어버린 지 오래야
미움마저 끈 떨어져 마음 닦달해도
아득히 멀어지고 말아
영영 마음에서 잊어버리기로 했다

홀로 듣는____ 빗소리

칠흑같이 어두운 한밤중
홀로 듣고 있는 세찬 빗소리에
무산된 하나의 꿈이 떠올라
왠지 더 서글프다

빗물이 축축한 눈물이 되어
심장을 다 적신다
바람까지 불어 어깻죽지가 시리고 춥다

홀로 된 한밤에 비에 갇히면
모든 걸 떠내려 보내고
가장 외로운 시간이 된다

텅 빈 가슴에 들이쳐 적시는 비
비가 내리는 것이 아니라
부질없는 눈물이 내리는 것이다

벼락이 치고 바람마저 세차게 부는데
무방비하게 내보인 마음이

조용히 흐느끼고 있다

홀로 남은 고독이란 애처롭고
때로는 너무나 서글픈 것이다

승리의____ 환호

가슴이 열리듯 확 트이는
벅찬 감동을 억제할 수 없어
기쁨의 환호를 지르며
세상을 향하여 마음껏 탄성을 쏟아낸다

시름의 세월도 훌쩍 흘러가고
힘들어 땀과 얼룩이 범벅이던 얼굴에도
웃음꽃이 활짝 피었다

지금 이 순간을 위해
가슴 졸이고 기대하며 살아온 것처럼
마치 이 순간을 위해 살아온 것처럼
마음껏 좋아하며 기쁨을 만끽한다

가슴에 파고드는 행복감
가슴에서 피어나는 터질 듯한 만족감
지나온 세월은 때로는 너무나 잔인했지만
이 순간은 너무나 찬란하다

이 벅찬 감동을 위해
얼마나 피땀을 흘리며 애를 썼던가
삶의 최고의 순간
그 위에 내가 서 있다는 것은
참으로 감동스러운 일이다

겨울____ 아침

밤새 어둠에 갇혀
오들오들 떨던 나무들이
따스한 햇살이 비춰오자
추위를 털어버리고 깨어난다

한겨울 나무들은 오도 가도 못 하고
싸늘한 냉기를 온몸으로 받아들인다
고통스런 긴 밤을 보내면서도
가슴 한 번 칠 수 없다

나무들은 한겨울에도 포기하지 않는다
풀벌레 소리 들리지 않아 지칠 법도 한데
찬란한 햇살을 온몸으로
맞아들이는 봄을 간절히 기다린다

우리 만나서
커피 한잔 합시다

초판 1쇄 인쇄 2018년 9월 13일
초판 1쇄 발행 2018년 9월 20일

지은이 | 용혜원
펴낸이 | 한순 이희섭
펴낸곳 | (주)도서출판 나무생각
편집 | 양미애 조예은
디자인 | 박민선
마케팅 | 이재석 한현정
출판등록 | 1999년 8월 19일 제1999-000112호
주소 | 서울특별시 마포구 월드컵로 70-4(서교동) 1F
전화 | 02)334-3339, 3308, 3361
팩스 | 02)334-3318
이메일 | tree3339@hanmail.net
홈페이지 | www.namubook.co.kr
트위터 ID | @namubook

ISBN 979-11-6218-033-4 03810

이 도서의 국립중앙도서관 출판예정도서목록(CIP)은 서지정보유통지원시스템 홈페이지
(http://seoji.nl.go.kr)와 국가자료공동목록시스템(http://www.nl.go.kr/kolisnet)에서
이용하실 수 있습니다.(CIP제어번호: CIP2018027630)